獻給地球上的所有人

──安娜依塔・塔姆利安

容得 **下你**
容得下我

© 容得下你　容得下我　　　　2019 年 6 月初版一刷

文圖／安娜依塔・塔姆利安　　譯者／吳蕙如
責任編輯／蔡智蕾　美術設計／許瀞文　手寫字設計／陳智嫣
發行人／劉振強　電話／02-25006600　郵撥帳號／0009998-5
地址／臺北市復興北路386號　發行所／三民書局股份有限公司
門市部／（復北店）臺北市復興北路386號（重南店）臺北市重慶南路一段61號
三民網路書店／http://www.sanmin.com.tw
編號：S858911　ISBN：978-957-14-6618-7

THERE'S ROOM FOR EVERYONE
First published in the UK © Tiny Owl Publishing Ltd 2018
Text and illustrations © Anahita Teymorian 2018
Chinese translation right © 2019 San Min Book Co., Ltd.

容得 下你
容得下我

安娜依塔・塔姆利安／文圖

吳蕙如／譯

三民書局

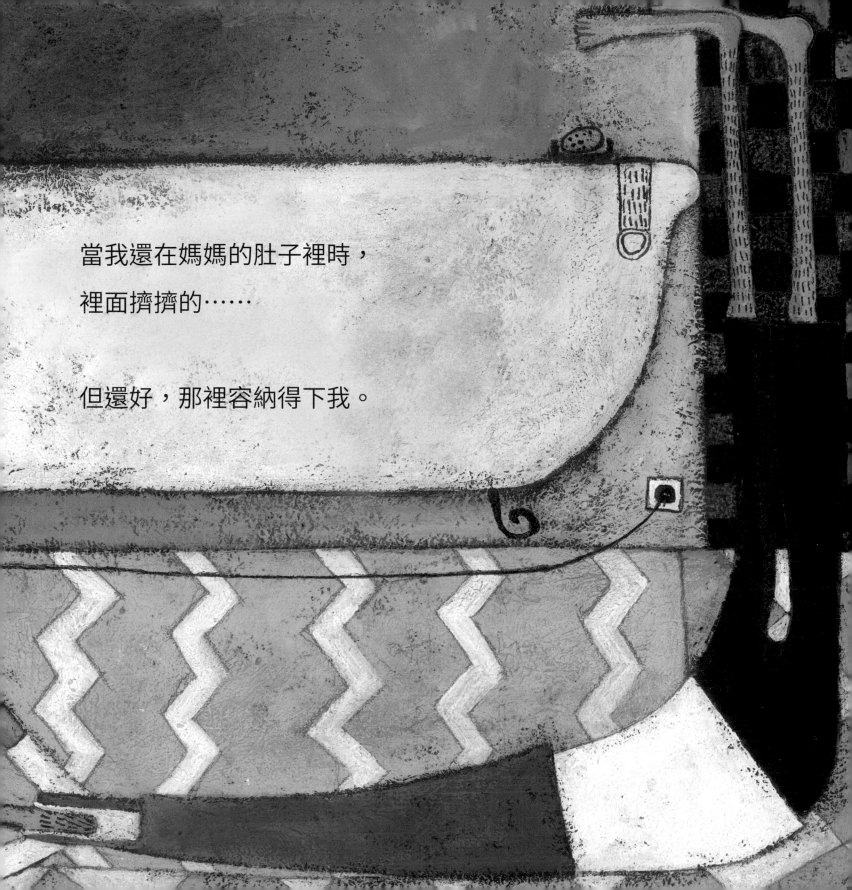

當我還在媽媽的肚子裡時，

裡面擠擠的……

但還好，那裡容納得下我。

當我漸漸長大，
我們的房子好像
變小了……

但還好，
那裡容納得下
我們一家人，

還有我全部的玩具！

晚上，當我抬頭看著夜空，
那裡除了滿天的星星，
甚至連月亮都容納得下！

早上，我看到花園裡的鳥兒

都有牠們的容身之處。

當我去圖書館時，

那裡也容納了全部我想看的書。

長大後，我成為一位到處探險的水手。

我看到海洋容納了全部的魚，

甚至連大鯨魚都容得下！

不管我去到哪裡，

動物們總有能夠容納牠們的空間，

就連長頸鹿和大象也都沒問題！

但奇怪的是，當我遊歷世界，
總是會看到人們在為容身之處而爭吵。

不管是小空間、

大地盤，

甚至**莫名其妙**的地方。

現在的我年紀大了，

也對這個世界有了更深的體會，

讓我來跟你分享一個祕密……

在這個美麗的世界上，如果我們可以對別人多一點包容，多一點愛，

不論身在何方，都會容得下你，容得下我。

安娜依塔給讀者們的話：

　　有一天，我突然受夠了日常的瑣事，癱在電視機前的沙發，拿起三明治咬了一大口。跟平常一樣，電視新聞又報導著某些國家為了爭奪領土而吵鬧不休……一塊屬於地球的土地！突然，我一點也不餓了，然後就把剩下的三明治擺在一旁的桌子上。

　　那張桌子堆滿了玩具、書，還有那天的髒盤子。我突然驚訝的發現──它居然還擺得下那塊三明治。接著一如往常的，我又開始跟電視機吵了起來，我對它，還有裡面的人們感到憤怒，我指著他們咆哮：「你們就不能停止嗎？為什麼你們總是不滿足？能不能不要如此貪婪！相信我，這世界一定容納得下大家。看看天空、海洋、叢林……算了，看著我那張桌子就夠了！」

　　然後，我回到房間把剛剛對電視機說的話全部寫下來，那就是這本繪本創作的開始。還記得那個晚上，當我又癱回去沙發上休息時，電視新聞依舊持續的報導著世界各地的戰爭。而我的貓正在吃著我沒吃完的三明治。

安娜依塔・塔姆利安和她的女兒，還有一隻貓住在伊朗的首都德黑蘭。

身為專業插畫家的她，作品受到世界各地人們的喜愛，2005 年獲印度 Katha Chitrakala 獎亞軍，並曾二度榮獲 Noma Concours 銀獎。

另著有《我怕黑》、《我的莎拉寶貝》（大穎文化），及《我的月亮，我們的月亮》（臺灣商務）等。